www.ingramcontent.com/pod-product-compliance
Lightning Source LLC
LaVergne TN
LVHW050822051026
849532LV00008B/3077
* 9 7 8 9 3 6 9 0 8 8 0 5 8 *

سالگرہ کا تحفہ

(بچوں کی کہانیاں)

افتخار کھوکھر

Salgirah ka Tohfa *(Kids Short Stories)*
by: Iftekhar Khokhar
Edition: December '2024
Publisher :
Taemeer Publications LLC (Michigan, USA / Hyderabad, India)

ISBN 978-93-6908-805-8
9 789369 088058

کتاب	:	**سالگرہ کا تحفہ** (بچوں کی کہانیاں)
مرتب	:	**افتخار کھوکھر**
صنف	:	ادب اطفال
ناشر	:	تعمیر پبلی کیشنز (حیدرآباد، انڈیا)
سالِ اشاعت	:	۲۰۲۴ء
صفحات	:	۵۰
سرورق ڈیزائن	:	تعمیر ویب ڈیزائن

فہرست

تعارف

ایک مہذب اور صاف ستھرے سماج اور ملک و ملت کے زریں مستقبل کے لیے ادب اطفال کی جتنی ضرورت ہمیں کل تھی، آج بھی ہے۔ ان کہانیوں میں وعظ و پند کا شور نہیں بلکہ انسان دوستی اور ہمدردی کی دھیمی دھیمی اور بھینی بھینی مہک ہونی چاہیے۔

بچوں کے ادب کی زبان نہایت آسان ہونی چاہئے۔ طرز ادا اور اسلوب بیان ایسا ہو کہ بچے بخوشی انہیں پڑھیں، ان میں دلچسپی لیں، ان کو پڑھ کر مسرت محسوس کریں۔ کہانیوں میں مختلف دلچسپ واقعات کی شمولیت سے بچوں کی دلچسپی کو بڑھایا جا سکتا ہے۔

تعمیر پبلی کیشنز کی جانب سے ایسی چند دلچسپ کہانیوں کا ایک جدید ایڈیشن شائع کیا جا رہا ہے۔

شگفتہ فاضل

سالگرہ کا تحفہ

رات کے آٹھ بجے تھے۔ ٹی وی پر کوئی بور سا پروگرام آرہا تھا۔ گھر کے سب لوگ باورچی خانے میں کھانا کھارہے تھے۔ مگر سیما ٹی وی دیکھ رہی تھی اور ساتھ ساتھ کھانا کھارہی تھی۔ کھانے کے دوران اسے پانی کی ضرورت محسوس ہوئی۔ اس نے وہیں بیٹھے بیٹھے پانی کے لیے چلانا شروع کر دیا۔

"امی امی! مجھے پانی دیں بڑی مرچیں لگ رہی ہیں۔"

امی چونکہ باورچی خانے میں سب کو کھانا دے رہی تھیں اور خود بھی کھانا کھا رہی تھیں لہٰذا انہیں پانی لانے میں کچھ دیر ہوگئی تو سیما نے حسبِ معمول منہ پھلا لیا۔

سیما یوں تو اچھی لڑکی تھی۔ چھٹی جماعت میں پڑھتی تھی۔ اپنے بہن بھائیوں میں سب سے بڑی تھی۔ مگر اس کی طبیعت میں لاپرواہی بہت زیادہ تھی۔ وہ بالکل کسی کی پرواہ نہیں کرتی تھی۔ خاص طور پر اس کی یہ عادت بہت بری تھی کہ وہ کام نہیں کرتی تھی۔ نہ اپنا اور نہ کسی کا اس کی امی سارا دن گھر کے کاموں میں مصروف رہتی تھیں مگر

سیما کبھی ان کا ہاتھ نہیں بٹاتی تھی۔ وہ تو خیر اپنا کام بھی نہیں کرتی تھی۔ گھر کا کیا کرتی! اس کی چھوٹی بہن سلمیٰ اپنے سب کام خود کرتی تھی سیما کو تو بس ایک ہی شوق تھا۔ نئی نئی کہانیاں پڑھنے کا۔ کہانیاں پڑھنا اچھی بات ہے مگر سیما کہانیاں پڑھنے میں جتنی تیز تھی باقی تمام کاموں میں اتنی سست تھی۔ وہ تو اکثر سکول کا کام کرنا بھی بھول جاتی تھی۔

کچھ دن پہلے کی بات ہے۔ ٹی وی پر بڑوں کا کوئی پروگرام آرہا تھا مگر سیما پھر بھی ٹی وی دیکھتی رہی اور اسے بالکل یاد نہیں رہا کہ اس نے سکول کا کام بھی کرنا ہے۔ تقریباً نو بجے جب وہ ٹی وی دیکھ کر اپنے کمرے میں آئی تو اسے اپنی بہن سلمیٰ اور بھائی عدنان کو پڑھتے دیکھ کر یاد آیا کہ اس نے تو ابھی ہوم ورک کرنا ہے۔ سلمیٰ اردو کا سبق یاد کر رہی تھی اور عدنان ڈرائینگ کر رہا تھا۔ سیما چاہتی تو ان کے ساتھ بیٹھ کر کام کر سکتی تھی مگر اسے تو اب شدید نیند آرہی تھی لہٰذا وہ سلمیٰ سے کہنے لگی۔

"سلمیٰ! دیکھو مجھے ہوم ورک کرنا بالکل یاد نہیں رہا۔ اور اب مجھے نیند آرہی ہے۔ تم میرا ہوم ورک کر دو۔ بالکل تھوڑا سا ہے۔"

سلمیٰ چونکہ ٹیسٹ کی تیاری کر رہی تھی۔ اس لیے وہ سیما کا کام

نہیں کرسکتی تھی۔ اس نے جواب دیا۔

"باجی میں تو سبق یاد کر رہی ہوں۔ آپ جلدی سے خود ہی کر لیں ناں!"

سیما نے بڑی بہن ہونے کا رُعب جمایا اور غصے سے بولی "میں تمہاری بڑی بہن ہوں۔ اگر مجھے کام کرنا یاد نہیں رہا تو تم اتنا بھی نہیں کرسکتیں کہ ذرا سا کام کر دو۔ تم نے تو ٹیسٹ کی تیاری کے لیے دیر تک جاگنا ہی ہے"

سلمیٰ کو ڈر تھا کہ کہیں سیما شور نہ مچانے لگ جائے اور امی اور ابو کے کمرے تک آواز نہ چلی جائے۔ لٰہذا جلدی سے بولی۔

"اچھا لائیں باجی! میں کر دیتی ہوں"

سیما بہت خوش ہوئی اور جھٹ اپنا بیگ اٹھا لائی۔ جلدی سے سلمیٰ کو انگلش کا کام بتایا اور خود سونے کے لیے لیٹ گئی۔ سلمیٰ نے اس کا کام کیا پھر اپنا سبق یاد کیا اور بہت دیر میں سوئی۔

اگلے دن جب سکول میں مس کو اپنا کام چیک کروایا تو مس کو لکھائی سے پتہ چل گیا کہ کام کسی اور نے کیا ہے۔ کام میں بہت سی غلطیاں بھی نکل آئیں۔ ظاہر ہے سلمیٰ پانچویں جماعت میں پڑھتی تھی۔ اسے کیا معلوم تھا کہ جو کام وہ کر رہی ہے اس کا مطلب کیا ہے اس

نے بس رف کاپی سے کام ہوم ورک کی کاپی پر نقل کر دیا تھا مس نے سیما کو خوب ڈانٹا۔ سیما کو سلمیٰ پر غصہ آیا۔ اس کا بس نہیں چل رہا تھا کہ فوراً گھر پہنچ کر سلمیٰ پر اپنا غصہ اتارے۔

چھٹی کے بعد جونہی سیما گھر پہنچی تو سلمیٰ کو ڈانٹنے لگی اور زور زور سے بولنے لگی۔

"تم اپنے کام میں اتنی ہی غلطیاں کرتی ہو گی اور روز ڈانٹ کھاتی ہو گی۔ دھیان سے نہیں کر سکتی تھی! سب کے سامنے تم نے مجھے ڈانٹ پلوا دی۔"

بے چاری سلمیٰ حیران پریشان رہ گئی اور کچھ نہ بولی کیونکہ اس کا تو خیال تھا باجی اس کا شکریہ ادا کریں گی مگر یہاں تو حساب الٹا ہوا سیما اور سلمیٰ کا کمرہ بھی ایک تھا۔ جہاں دونوں کی سب چیزیں پڑی ہوئی تھیں۔ سلمیٰ اپنی تمام چیزوں کا خیال رکھتی تھی تاکہ کام خاموشی سے بھی ہو جائے اور اگر کوئی چیز گم ہو جائے تو وہ وہیں سے مل بھی جائے مگر سیما تو سلمیٰ کے بالکل الٹ تھی۔ وہ اپنا ہوم ورک کبھی لان میں کرتی تو کبھی ٹی وی کے کمرے میں۔ بعد میں ساری چیزیں اٹھانا بھول جاتی۔ جب پتہ چلتا کہ پنسل یا ربر گم ہو گیا ہے تو خوب شور مچاتی اور خود چیزیں نہ ڈھونڈتی بلکہ سلمیٰ بھاگ کر اس کی چیزیں تلاش کرتی۔ سیما پھر بھی ناراض ہی رہتی کہ نجانے میری چیزیں کون

اٹھا کر لے جاتا ہے۔

سیما کی امی اس کی عادتوں سے بڑی پریشان تھیں وہ اکثر اُسے سمجھاتیں اور کہتیں۔

"دیکھو سیما! تم سب سے بڑی ہو۔ تمہارے چھوٹے بہن بھائی اپنا کام خود کرتے ہیں۔ تمہیں بھی اپنا کام خود کرنا چاہیئے اور میری مدد بھی کرنی چاہیئے تاکہ تمام کام جلد اور آسانی سے ہو سکیں میں سارا دن کام کر کے تھک جاتی ہوں مگر تمہیں کوئی خیال نہیں ہے"

سیما کے ابو بھی اکثر اسے سمجھاتے کہ اپنا کام کرنے سے کام میں برکت ہوتی ہے اور انسان مطمئن رہتا ہے اور اگر کوئی غلطی ہو جائے تو کام کرنے والا خود ذمہ دار ہوتا ہے۔ اسی طرح کسی سے جھگڑے کی نوبت پیش نہیں آتی مگر نجانے سیما کی سمجھ میں یہ بات کیوں نہیں آتی تھی۔

سیما کو کام کی عادت ڈالنے کے لیے امی اور ابو نے فیصلہ کیا کہ دونوں بہنیں اپنا کام بانٹ لیں۔ اگر اپنے کمرے کی صفائی کرنی ہے تو ایک دن سلمٰی کرے اور دوسرے دن سیما۔ ورنہ تو بے چاری سلمٰی ہی کو روزانہ صفائی کرنا پڑتی تھی۔

جس دن سلمٰی کی باری آئی اس نے جھٹ پٹ کمرہ صاف کر دیا

کمرے میں جھاڑو لگائی، بستر ٹھیک کیا، میلے کپڑے اٹھا کر غسل خانے میں رکھے، کتابیں درست کیں اور کام ختم ہوگیا۔

اگلے دن کمرہ صاف کرنا سیما کی ذمہ داری تھی۔ صبح ہی سے وہ کچھ پریشان تھی اور کام کرنے کو بالکل جی نہیں چاہ رہا تھا مگر کیا کرتی ابو نے ڈیوٹی جو لگادی تھی۔ جھاڑو اٹھا کر وہ کمرے میں آئی تو کمرے کی حالت دیکھ کر اور بھی پریشان ہوگئی۔ زیادہ چیزیں اسی کی بکھری ہوئی تھیں میلے کپڑے بستر پر بکھرے تھے قالین پر کتابیں اور کاپیاں الٹ پلٹ تھیں۔ اسے کچھ سمجھ نہیں آرہا تھا کہ کیسے اور کہاں سے کام شروع کرے وہ کھڑی سوچتی رہی کتنی دیر گذر گئی تھی مگر ابھی تک صفائی نہ ہوسکی تھی۔ اب کھانے کا وقت بھی ہو رہا تھا۔ مجبوراً سلمیٰ کو آکر اس کی مدد کرنا پڑی اور یوں اسکی جان چھوٹی۔

سیما کی سالگرہ قریب آرہی تھی اس نے کئی دن پہلے ہی سے تیاری شروع کردی اور امی سے کہہ دیا کہ اس نے اپنی تمام دوستوں کو بلانا ہے۔ اس نے اپنی سالگرہ پر کام بھی بس اتنا ہی کیا کہ اپنی تمام دوستوں کو دعوت نامے دے آئی۔ باقی تمام کام تو امی اور سلمیٰ نے کیا۔ امی نے مزے مزے کی چیزیں بنائیں اور سلمیٰ نے گھر کی صفائی کی۔

سالگرہ پر خوب رونق تھی۔ سیما کو ڈھیر سارے تحفے ملے۔

کھلونے، کپڑے، چوڑیاں اور کتابیں وغیرہ۔ سیما کتابیں دیکھ کر بے حد خوش ہوئی اور سب مہمانوں کے جانے کے بعد کتابیں پڑھنے بیٹھ گئی۔ امّی اور سلمیٰ کو کچن میں بہت کام تھا برتن دھونے تھے۔ فرش صاف کرنا تھا۔ لہٰذا وہ کام کرنے چلی گئیں۔

سیما نے اپنی سب سے اچھی دوست کی دی ہوئی کتاب سب سے پہلے کھولی۔ کتاب کا نام تھا "پیارے نبی کی پیاری باتیں" اس کتاب میں آنحضور صلی اللہ علیہ وآلہٖ وسلم کی عادات کے بارے میں تفصیل سے لکھا تھا۔ ایک جگہ لکھا تھا کہ

"آنحضورؐ کا غریبوں سے حسنِ سلوک" ایک عنوان تھا "آنحضورؐ کی امانت اور دیانت"۔ سیما کتاب پڑھتی گئی۔ ایک عنوان تھا "آنحضورؐ کی محنت اور کام میں دلچسپی" سلمیٰ نے اسے پڑھنا شروع کیا لکھا تھا:

"ہمارے پیارے نبیؐ کو محنت اور کام سے بڑی محبت تھی آپؐ اپنے سارے کام ہمیشہ اپنے مبارک ہاتھوں سے کرتے تھے۔ آپؐ اپنے کپڑے خود دھوتے۔ جوتوں اور کپڑوں کی مرمت خود کر لیتے۔ بکریوں کا دودھ خود دوہتے اور گھر کی صفائی کرتے۔ آپؐ نہ صرف اپنا کام خود کرتے تھے بلکہ دوسروں

کا کام کر کے بھی خوشی محسوس کرتے۔ آپؐ ایسے لوگوں کو جو کام کاج خود نہیں کرتے تھے پسند نہیں فرماتے تھے۔ گھر کا کام ہو یا لوگوں کی خدمت، آپؐ سب میں پیش پیش رہتے اور اپنی اُمّت سے بھی اسی کے خواہش مند تھے۔ اسی لیے تمام صحابہؓ اپنا کام خود کرتے تھے اور دوسروں کا ہاتھ بھی بٹاتے تھے آپؐ نے اپنی پیاری بیٹی حضرت فاطمہؓ کو بھی کام کرنے کی نصیحت فرمائی وہ بھی اپنے تمام کام خود سر انجام دیتی تھیں !!

ہمیں چاہیئے کہ ہم بھی آنحضورؐ کی سنت پر عمل کریں اور تمام کام اپنے ہاتھوں سے کریں اور دوسروں کی مدد بھی کریں

سیما نے محسوس کیا کہ اس کی آنکھوں میں آنسو آ گئے ہیں اسے یوں لگ رہا تھا کہ جیسے اس سے کوئی بہت بڑی غلطی ہو گئی ہے اس کا جی چاہا کہ وہ رونے لگے۔ اسے بے حد شرمندگی محسوس ہو رہی تھی وہ سوچ رہی تھی کہ آنحضورؐ تو اتنے عظیم مرتبے پر فائز ہونے کے باوجود اپنے سب کام خود کرتے تھے اور میں ہوں کہ ......! بس اس کے آگے اسے بہت شرم آئی۔ وہ اپنے بستر سے اٹھی اور آہستہ آہستہ چلتی ہوئی باہر آئی۔ باورچی خانے میں امی اور سلمٰی برتن دھو رہی تھیں۔ برآمدے میں پھلوں کے چھلکے ہر طرف پھیلے ہوئے تھے۔ کرسیاں بے ترتیبی سے

اِدھر اُدھر پڑی تھیں۔ میز بے حد گندا ہو رہا تھا۔ امّی اور سلمیٰ نے برتن دھونے کے بعد سارا گھر صاف کرنا تھا ہر چیز کو اپنی جگہ پر رکھنا تھا اُسے خیال آیا کہ سالگرہ تو میری تھی اور سب کام امّی اور سلمیٰ کر رہی ہیں۔ اُسے واقعی بے حد شرمندگی ہو رہی تھی۔ اب وہ چاہ رہی تھی کہ کام کرے اور امّی کی مدد کرے مگر اسے حوصلہ نہیں ہو رہا تھا۔ آخر اس نے بسم اللہ پڑھی اور فوراً کام شروع کر دیا۔ سب سے پہلے اس نے فرش پر بکھرے ہوئے تمام چھلکے سمیٹے اور انہیں کوڑے کے ڈبے میں ڈالا۔ کپڑے سے میز اور کرسیوں کو رگڑ کر صاف کیا کرسیاں ترتیب سے لگائیں اور پھر جھاڑو اٹھا کر صفائی شروع کر دی اس نے کمرے اور برآمدے کو اچھی طرح صاف کیا۔ صفائی کے بعد جب اس نے اپنے کیے ہوئے کام کو دیکھا تو اسے بے حد خوشی ہوئی۔ وہ سوچنے لگی کہ امّی اور سلمیٰ کتنی خوش ہوں گی۔

امّی اور سلمیٰ کو ابھی تک بالکل خبر نہ تھی کہ سیما کیا کر رہی ہے انہیں تو تب پتہ چلا جب سیما نے کچن سے دُھلے ہوئے برتن اُٹھا کر سوکھنے کے لیے میز پر رکھنے شروع کیے۔ امّی نے حیرت سے اس کی طرف دیکھا مگر سیما نے شرمندگی کے مارے آنکھیں اوپر نہ کیں۔ سلمیٰ اس کے پیچھے پیچھے چلتی ہوئی باہر آئی تو حیرت سے

اس کی آنکھیں پھٹ گئیں وہ خوشی سے چیختے ہوئے امّی کو بلانے لگی۔

امّی! امّی! جلدی سے کمرے میں آئیں دیکھیں تو یہاں کیا ہوگیا ہے؟

امّی جلدی سے باہر آئیں تو وہ حیران رہ گئیں۔ کمرہ بالکل صاف تھا۔ ہر چیز ترتیب سے اپنی جگہ رکھی تھی۔ سیما ایک طرف سر جھکائے چپ چاپ کھڑی تھی۔ امّی کو پتہ چل گیا کہ یہ سب کس نے کیا ہے۔ انہوں نے آگے بڑھ کر سیما کو گلے لگا لیا اور اسے پیار کرتے ہوئے کہنے لگیں۔

بیٹا! کام کرنا تو اچھی بات ہے مگر تم تو اتنا اچھا کام کر کے یوں کھڑی ہو جیسے تم نے کوئی غلط کام کیا ہے۔

سیما ہنس پڑی۔ امّی اور سلمٰی بھی مسکرانے لگیں۔

ریاض فاطمہ

علم کا اُجالا

رات کو اچانک ہی امیّ جان کی آنکھ کھل گئی۔ انہیں محسوس ہوا کہ کسی نے زور سے چیخ ماری ہو۔ ان کا دھیان فوراً اپنے بیٹے عارف کی طرف گیا جو برابر والے کمرے میں سو رہا تھا۔ وہ اُٹھ کر بیٹھ گئیں۔ جلدی سے چپل پہنے اور آہستہ سے کمرے کا دروازہ کھول کر باہر نکل آئیں۔ عارف کے کمرے میں داخل ہوتے ہی انہوں نے دیکھا کہ وہ پلنگ پر بیٹھا تھر تھر کانپ رہا تھا۔ جبکہ دوسرے پلنگ پر عارف کی بہن شاہدہ گہری نیند سو رہی تھی۔ عارف نے چونک کر اپنی امی جان کی طرف دیکھا اور پلنگ سے اتر کر ان سے لپٹ گیا۔ وہ ابھی تک گہرے گہرے سانس لے رہا تھا۔ انہوں نے اسے لپٹا لیا اور پلنگ پر آ کر بیٹھ گئیں۔ میز پر رکھے جگ سے گلاس میں پانی انڈیل کر عارف کو دیا۔

”لو بیٹا یہ پانی پی لو“

وہ جلدی سے پورا گلاس پانی کا پی گیا۔ اب اسکی حالت پہلے سے قدرے بہتر لگ رہی تھی۔ امیّ جان نے محسوس کیا کہ وہ ٹھیک

سے تو پیار سے اس کا سر سہلانے لگی۔ کچھ دیر بعد انہوں نے اس سے پوچھا۔

"عارف بیٹا! کیا بات ہے۔ خواب میں ڈر گئے تھے کیا؟

اس نے معصومیت سے سر ہلا دیا۔ "جی ہاں امی! میں نے بہت خوفناک خواب دیکھا تھا۔"

"کیا دیکھا تھا؟" امی جان نے پوچھا۔

"میں نے اپنے سر ارشد کو دیکھا تھا۔ وہ مجھے مارنے کے لیے میری طرف بڑھ رہے تھے۔"

"انہوں نے کبھی آپ کو سچ مچ کلاس میں مارا ہے"

"نہیں امی"۔ اس نے نفی میں اپنا سر ہلایا۔ "میں تو ہمیشہ اپنا ہوم ورک کر کے جاتا ہوں۔ اس کے علاوہ وہ جو کچھ بھی مجھے یاد کرنے کے لیے دیتے ہیں۔ میں یاد کر کے جاتا ہوں۔" اس نے امی جان کو بتایا۔

"آپ کا ہوم ورک بھی مکمل ہوتا ہے۔ آپ اپنا سبق بھی یاد کرتے ہیں۔ پھر بھلا آپ کو ان سے ڈرنے کی کیا ضرورت ہے ان سے تو ایسے بچوں کو ڈرنا چاہیئے جو نکمے ہوں۔ اپنا ہوم ورک نہ کرتے ہوں اور پڑھائی میں دلچسپی بھی نہ لیتے ہوں۔"

وہ تو ٹھیک ہے امی جان! وہ کچھ سوچنے لگا۔ "لیکن بس پتا

نہیں کیوں مجھے ڈر لگتا ہے کہ کہیں کسی دن مجھے بھی وہ ــــــ"

نہیں بیٹا! یہ سب تمہارا وہم ہے۔ اپنی تعلیم پر توجہ دو۔ پچھلی مرتبہ کلاس میں دوسری پوزیشن حاصل کی تھی۔اس مرتبہ کوشش کرو کہ اوّل پوزیشن آئے۔

"اچھا امی!" عارف نے سعادت مندی سے کہا۔

"اب سو جاؤ" امّی جان نے عارف کو کمبل اوڑھایا اور مسکراتی ہوئی کمرے سے باہر چلی گئیں۔

عارف کے سکول میں سر ارشد ابھی نئے نئے آئے تھے۔ انہوں نے محسوس کیا تھا کہ چوتھی جماعت کے طلباء ضرورت سے زیادہ شریر ہیں۔ انہوں نے بچوں کو شروع میں نرمی سے سمجھایا کہ شرارتوں سے زیادہ اپنی پڑھائی پر توجہ دیں لیکن ان کے سمجھانے کا طالب علموں پر بالکل بھی اثر نہ ہوا تو انہوں نے طلبأ پر سختی کرنا شروع کر دی۔اب ان کے ہاتھ میں موٹا سا ڈنڈا رہتا تھا۔ گو کہ وہ اس سے بچوں کو مارتے نہ تھے۔ محض ڈراتے ہی تھے۔ لیکن پھر بھی اب بچوں کا رویہ پہلے سے کافی تبدیل ہو گیا تھا۔ ڈنڈے کے خوف سے انہوں نے اپنی پڑھائی میں دلچسپی لینا شروع کر دی تھی۔

عارف کی کلاس میں زمان بھی پڑھتا تھا۔ پچھلے دنوں بیماری کی وجہ سے وہ چھٹی پر تھا۔ دس پندرہ دن کے بعد وہ سکول آیا تو سر ارشد کو دیکھا۔ وہ بڑی باقاعدگی اور توجہ سے پڑھاتے تھے۔ ہوم ورک کے علاوہ کلاس ورک پر بھی زور دیتے تھے دس پندرہ دن میں زمان کلاس کے باقی ہم جماعتوں سے کافی پیچھے رہ گیا تھا۔ وہ ہر ممکن کوشش کرتا کہ ان دنوں میں تعلیم کا جو نقصان ہوا ہے اسے وہ جلد از جلد پورا کرے لیکن اس کے باوجود ابھی تک وہ اس میں کامیاب نہیں ہوا تھا اور اکثر اسے سر ارشد سے ڈانٹ پڑتی رہتی تھی۔ عارف نہ صرف پڑھائی میں بلکہ اپنے اخلاق کے لحاظ سے بھی بہت اچھا تھا۔ اس دن وقفہ ہوا تو سب بچے شور مچاتے ہوئے کلاس سے باہر دوڑے۔ عارف نے دیکھا، زمان کرسی پر خاموش اداس بیٹھا ہوا تھا وہ اس کے پاس گیا اور اسے مسکرا کر دیکھا۔

"زمان چلو کنٹین چلتے ہیں۔"

"نہیں تم جاؤ۔ میرا دل نہیں چاہ رہا ہے۔" وہ آہستہ سے بولا۔

"کیوں تمہارا دل کیوں نہیں چاہ رہا۔" عارف اس کے سامنے کرسی پر بیٹھ گیا۔

"مجھے سر ارشد روزانہ ہی ڈانٹتے ہیں۔ میں تو ہر ممکن کوشش کرتا ہوں کہ اچھی طرح پڑھ کر سمجھ کر آؤں۔ لیکن کیا کروں؟" وہ خاموش ہو گیا۔

تمھیں گھر میں کوئی پڑھانے والا نہیں ہے؟

"نہیں سب سے بڑا میں ہی ہوں۔ ابو کو ٹائم نہیں ملتا کہ وہ مجھے پڑھائیں۔ امی جان اتنی تعلیم یافتہ نہیں ہیں" زمان نے بتایا

"ایسا کرو تم میرے گھر شام کو آجایا کرو۔ میں تمھیں ایک گھنٹہ پڑھا دیا کروں گا"۔ عارف سنجیدگی سے بولا۔

"تم!" زمان کا چہرہ خوشی سے کھل گیا"میں تمھارا شکر گزار ہوں گا۔ مجھے صرف حساب کے مضمون میں دقت محسوس ہوتی ہے۔"

"جو سر ارشد پڑھاتے ہیں"۔ عارف مسکرایا۔

"بس میں کل سے تمھارے گھر پڑھنے کے لیے آیا کروں گا

"کل سے نہیں بلکہ آج سے ہی"۔ عارف ہنسا تو زمان بھی ہنس پڑا۔

"چلو اب تو کینٹین چلو" عارف نے زمان کا ہاتھ پکڑ لیا۔

تقریباً ایک ہفتہ میں ہی عارف نے زمان کو حساب کی وہ تمام مشقیں اچھی طرح سمجھا دیں جن کو سر ارشد نے اس کی غیر موجودگی میں

پڑھایا تھا۔ اسے زمان کو پڑھاتے ہوئے عجیب سی خوشی محسوس ہوتی تھی۔ وہ اسے اس وقت تک پڑھاتا تھا جبکہ محلے کے دوسرے بچے کھیل کے میدان میں کھیل کود میں مصروف ہوتے تھے۔ اب زمان کو کلاس میں سر ارشد سے ڈانٹ بھی نہیں پڑتی تھی چند دنوں تک ساتھ پڑھ کر اب زمان اور عارف کی کافی گہری دوستی ہوچکی تھی۔ زمان اب عارف کی بہت عزت کرتا تھا۔ پھر سالانہ امتحانات شروع ہو گئے۔ عارف تو تعلیمی سال کے آغاز سے ہی اپنی تعلیم پر بھرپور توجہ دیتا تھا وہ ان بچوں میں سے نہ تھا جو امتحانات شروع ہونے سے چند دن پہلے پڑھنا شروع کرتے ہیں اور جن کا مقصد صرف پاس ہونا ہوتا ہے۔ اگر اسے کوئی بات سمجھ میں نہیں آتی تھی تو اس کی امی اس کی مدد کردیتی تھیں۔ عارف کی تمام تر کوشش یہی تھی کہ اس کے پرچے اتنے اچھے ہوں کہ وہ اپنی جماعت میں اوّل پوزیشن حاصل کرسکے۔ امتحانات میں اوّل پوزیشن لانے کی صورت میں اس کی امیّ اور ابو نے اس سے وعدہ کیا تھا کہ اسے اچھی سی بائیسکل لے کر دیں گے۔

.:.————————————.:.

آج سالانہ امتحان کے نتائج کا اعلان ہونے والا تھا۔ عارف کا دل زور زور سے دھڑک رہا تھا۔ پھر جب ماسٹر صاحب

نے اوّل پوزیشن کا اعلان کرتے ہوئے عارف کا نام لیا تو اس کی آنکھوں میں خوشی سے آنسو آ گئے۔ تیسری پوزیشن زمان نے حاصل کی تھی وہ بھی بہت خوش تھا۔ عارف کے امّی ابو نے اس کے اوّل آنے کی خوشی میں مٹھائی منگوائی۔ حسبِ وعدہ اگلے دن اسے بازار لے کر گئے اور خوبصورت سی بائیسکل بھی لیکر دی۔

گرمیوں کی چھٹیوں کی وجہ سے اسکول بند تھے۔ بہت دنوں سے عارف کی ملاقات زمان سے بھی نہ ہوئی تھی۔ یہ اتفاق تھا کہ زیادہ تر زمان ہی اس کے گھر آتا تھا اور وہ کبھی بھی اس کے گھر نہ جا سکا تھا۔ عارف نے اپنی امّی جان سے زمان کے گھر جانے کے لیے اجازت لی اور اپنی بائیسکل کا رُخ زمان کے گھر کی طرف کر دیا۔ اس کا گھر قدرے دُور تھا۔ گھر کے قریب پہنچ کر عارف نے اس کے گھر کی گھنٹی بجائی۔ زمان نے دروازہ کھولا اور اسے دیکھ کر خوش ہو گیا۔

"آؤ بھئی اندر آؤ، میں تمھیں دو تین دن سے بہت یاد کر رہا تھا۔" پھر اس کی نظر اس کی بائیسکل پر پڑی۔

"اوہو، تمھارے ساتھ بائیسکل بھی ہے۔ چلو اسے بھی اندر ہی کھڑی کر دو۔"

عارف اس کے ساتھ کمرے میں گیا تو کچھ حیران سا رہ گیا۔ کمرے میں نیچے فرش پر دری بچھی ہوئی تھی اور پانچ چھ بچے بیٹھے ہوئے پڑھ رہے تھے۔ ان سب کے ہاتھ میں قاعدے تھے انہوں نے بڑے ادب سے عارف کو سلام کیا۔ اس نے اس وقت زمان سے پوچھنا مناسب نہ سمجھا لیکن تھوڑی دیر بعد جب بچے پڑھ کر چلے گئے تو اس نے اس سے پوچھ ہی لیا۔

"چھٹیوں میں بچوں کو پڑھانا شروع کر دیا ہے؟"

"ہاں دوست" زمان نے کہا۔

یہ سب بچے ہمارے محلے ہی کے ہیں۔ سوائے کھیل کود کے ان کا کوئی کام نہ تھا۔ ان سب کا تعلق بہت غریب گھرانوں سے ہے۔ میں نے سوچا کہ آجکل میری چھٹیاں ہیں اس لیے کیوں نہ فارغ اوقات میں ان کو بھی پڑھا دوں۔

"لیکن تمہیں انہیں پڑھانے کا خیال آیا کیسے؟" عارف نے حیران ہو کر پوچھا۔

"تمہیں دیکھ کر"۔ زمان نے عقیدت سے عارف کی طرف دیکھا "تم نے میرے ساتھ ہمدردی کی تھی مشکل دنوں میں جب میں احساس کمتری کا شکار ہو رہا تھا۔ پڑھائی میں میری مدد کی تھی۔ بس اب وہی قرض دوسرے بچوں کو پڑھا کر اتار رہا ہوں۔

زمان خیالوں ہی خیالوں میں بہت سی روشن شمعیں دیکھ رہا تھا۔

"کاش ہر پڑھا لکھا آدمی یہی سوچے اور دوسروں کی مدد کرے تو ہمارا ملک کسقدر ترقی کر سکتا ہے" عارف نے دعا کی۔" آج سے میں بھی اپنے محلے میں ایسے بچوں کو جو سکول جانے کی استطاعت نہیں رکھتے پڑھانا شروع کردونگا "پھر ہمارا ملک ترقی کرے گا۔ جہالت کا اندھیرا ہمارے ملک سے دُور ہو جائے گا"۔ زمان کا چہرہ خوشی سے تمتما رہا تھا

فرزانہ چیمہ

انوکھی لذت

یہ موسم گرما کی ایک جلتی دوپہر تھی۔ چرند پرند اپنے اپنے گھونسلوں میں گرمی کے مارے چونچیں کھولے بیٹھے تھے درخت ساکت وصامت کھڑے تھے، ہوا سے ایک پتہ بھی نہیں ہل رہا تھا فضا میں خاصا حبس تھا۔ کامران کی امّی کام نبٹا کر باورچی خانے سے باہر نکلیں تو پسینے سے شرابور تھیں۔ موسم کے تیور دیکھتے ہوئے بولیں ”لگتا ہے آج آندھی آئے گی“ وہ اپنے کمرے کی طرف جاتے جاتے ایک لمحہ کے لیے رکیں، کچھ سوچا، پلٹیں اور کامران کے کمرے کی طرف بڑھ گئیں۔ آہستگی سے دروازے کا ایک پٹ کھولا اور اندر جھانکا مگر اندر کوئی نہ تھا۔ وہ آج پھر غائب تھا اس لو میں نہ جانے کہاں مارا مارا پھر رہا ہوگا۔ انہوں نے بڑے دکھ سے سوچا اور بوجھل قدموں سے اپنے کمرے میں آگئیں کمرہ کافی آرام دہ تھا۔ خنک ہوا نے گرمی کا احساس بہت حد تک مٹا دیا تھا۔ صاف بستر اور اپنی اپنی جگہ پہ قرینے سے رکھی گئی ہر شئے ان کے سلیقہ کی آئینہ دار تھی۔

وہ بیدم سی ہو کر پلنگ پر لیٹ گئیں اور سوچوں کی وادی میں کھو گئیں. کامران ان کا اکلوتا بیٹا تھا۔ تین بہنوں کا ایک ہی بھائی. صورت شکل کا بھی بہت پیارا تھا. اس لیے جلد ہی وہ گھر بار کی آنکھوں کا تارا بن گیا. ابا جان تو گھر آکر ایک منٹ بھی اسے اپنے سے جدا نہ کرتے ۔ اپنے ساتھ کھانا کھلاتے اپنے ساتھ سلاتے. لان میں پودوں کو پانی دے رہے ہوتے تو کامران میاں ساتھ ساتھ ہوتے ۔ دوست ملنے آتے تو بھی یہ ابو جان کے پہلو سے لگے ہوتے ۔ رات کو سیر کے لیے نکلتے تو کامران میاں ان کے آگے آگے چھوٹے چھوٹے قدموں سے بھاگ رہے ہوتے ۔

ابو جان ! آپ اپنے دفتر میں بھیّا کے بغیر کیسے رہتے ہیں رہا سے نہ رہا جاتا " بس کچھ نہ پوچھو ! یہ چند گھنٹے کیسے بھاری گذرتے ہیں اس نالائق کے بغیر" وہ پیار سے کامران کے سَر پر ہلکی سی چپت لگاتے ہوئے کہتے اور اس وقت کامران کی آنکھوں میں فخر اور مسرت کے چراغ جل اٹھتے وہ خوشی سے جھوم جاتا۔ ایسے میں اس کی امّی جان کی پیشانی پر سوچ کی لکیریں پھیل جاتیں ۔ انہیں ڈر تھا کہ پیار کے اس سمندر میں کامران خود کو سنبھال نہیں سکے گا. کہیں اس کا پاؤں ہی نہ اکھڑ جائے اور وہ غرور اور خود سری کی موجوں کے ساتھ بہتے بہتے گستاخی اور نافرمانی کے بھنور میں نہ پھنس کر رہ جائے

مگر ان کی کون سنتا تھا۔

"آپ تو خواہ مخواہ کا وہم کرتی ہیں بیگم ہمارا کامران ایسا نہیں کرے گا۔ وہ صحیح معنوں میں کامران ہوگا، کامیاب کامران" اس کے ابو اس کی بھرپور وکالت کرتے ہوئے کہتے" اللہ کرے ایسا ہی ہو" امی جان دل کی گہرائیوں سے دعا کرتیں یونہی وقت گزرتا چلا گیا اور گزرتے وقت کے ساتھ ساتھ کامران کی امی کے اندیشے اور وسوسے حقیقت کا روپ دھارنے لگے۔ ابو جان کا بے پناہ لاڈ پیار رنگ لانے لگا۔ کامران بدتمیز اور خود سر ہوتا جا رہا تھا۔ جس چیز کو لینے کی خواہش ظاہر کرتا اسے حاصل کر کے ہی دم لیتا۔ خواہ اس کے لیے اسے کیسے کیسے جتن کیوں نہ کرنے پڑتے۔ بڑے چھوٹے کی تمیز ختم ہوتی جا رہی تھی جو منہ میں آتا فٹ سے جواب دے دیتا۔ اسی کو ذہانت سمجھتا۔ اینٹ کا جواب پتھر سے دیتا۔ معاف اور درگذر کرنا تو اس نے سیکھا ہی نہ تھا۔ اس کی بھونڈی شرارتوں اور بدتمیزیوں سے اس کے استاد صاحبان بھی محفوظ نہ تھے۔ ان کے ساتھ بھی وہ ہاتھ کر جاتا۔

ایک دن تو حد ہی کر دی۔ حساب کا پیریڈ تھا۔ ماسٹر صاحب کمرۂ جماعت میں داخل ہوئے تو ان کی کرسی غائب تھی۔ انہوں

نے ایک بچے کو کرسی لانے کی ہدایت کی اور رجسٹر کھول کر حاضری لینے لگ گئے۔

کامران جھٹ سے اٹھا اور کرسی لانے کے لیے باہر لپکا۔ تھوڑی دیر میں ہی اس نے کرسی لا کر نہایت ادب سے ماسٹر صاحب کے پیچھے رکھ دی۔ ماسٹر صاحب دل ہی دل میں حیران بھی تھے اور خوش بھی ہو رہے تھے۔ حیران اس بات پر تھے کہ آج کامران جیسا لڑکا کیونکر از خود ان کا کام کرنے دوڑا ہے اور خوشی اس بات کی تھی کہ شاید اب اس نے استاد جو کہ روحانی باپ ہوتا ہے۔ اس کا بلند مقام پہچان لیا ہے۔ اور اپنی پچھلی حرکتوں سے منہ موڑ کر اچھا اور لائق بچہ بن جائے گا۔ انہی سوچوں میں گم وہ حاضری رجسٹر بند کر کے کرسی پر بیٹھ گئے اور بچوں کو سوالات کروانے لگے۔ اب سوالات کرواتے کرواتے اچانک چاک لے کر کوئی نیا کلیہ قاعدہ سمجھانے کے لیے اُٹھ کر تختہ سیاہ کی طرف جو بڑھے تو ساتھ ہی کرسی بھی ان کی پشت سے چپکی ہوئی چلی گئی۔ اب کیا تھا۔ پوری کلاس ہنسی کو دبانے کی ناکام کوشش کر رہی تھی۔ ماسٹر صاحب کچھ کھسیانے سے کچھ اُلجھے سے کسی نہ کسی طور پر کرسی سے جان چھڑانے کے چکر میں تھے۔ اس کے بعد ظاہر ہے کامران تھا اور ماسٹر صاحب کا مولا بخش کامران کی دل آزار شرارتوں سے کوئی بھی تو محفوظ نہ تھا۔ نہ سکول

والے، نہ اہلِ محلہ، نہ گھر والے نہ باہر والے۔ عجیب اذیت پسند سا ہوتا جا رہا تھا۔ ہر کسی کو ستانا اس کا محبوب مشغلہ تھا۔

ایک دن نہ جانے کہاں سے ڈھیر سارے انڈے اٹھا لایا۔ معلوم ہوا کہ صاحبزادہ کے سر میں نئی دھن سمائی ہے۔ مرغی کے چوزے نکالنے کی۔

"مگر مرغی ہے کہاں؟" امی جان نے اسے ٹوکا۔

"وہ بھی جلد ہی اغواء کر لائیں گے۔ انہیں کیا مشکل ہے"۔ کامران سے پہلے ہی باجی بول اٹھیں۔

تم..... تم چپ رہو۔ کامران غصے سے دھاڑا۔

"انسان بنو کامران بڑی بہن سے یوں بولتے ہو؟" امی جان نے سرزنش کی۔

بڑی بہن ہو یا چھوٹی۔ میں کچھ نہیں جانتا۔ بس میرے معاملات میں کوئی دخل نہ دیا کرے۔ میں نے کہہ دیا ہاں"۔ وہ پاؤں پٹختا ہوا باہر نکل گیا۔ اب یہ محض اتفاق ہی تھا کہ تھوڑی دیر بعد ہی رملہ کی ایک بڑی پیاری سی سہیلی آ گئی۔ وہ اسے مل کر بہت خوش ہوئی اور پھر جلدی جلدی باورچی خانے کی طرف چل دی تاکہ اس کے لیے چائے وغیرہ کا بندوبست کرے۔ چولہے پر چائے کا پانی رکھ کر الماری میں سے اس نے وہ تمام ڈبے دیکھے جن میں امی

بسکٹ، نمکو اور کیک وغیرہ رکھا کرتی تھیں۔ مگر وہ سب خالی تھے
"کامران کے بچے! تجھے خدا سمجھے ہر چیز ہڑپ کر جاتا ہے"
رملہ جھلاتے ہوئے منہ ہی منہ میں بڑبڑا رہی تھی۔ اچانک
پلاسٹک کے ایک پیالے میں اس نے ڈھیر سارے انڈے
دیکھے۔ چنانچہ انہیں ہی غنیمت جان کر اس نے چار انڈے ابال
لیے اور چائے کی ٹرے میں سجا کر باہر سہیلی کے پاس لے گئی
اس سے اگلے ہی روز رملہ سکول جانے کے لیے جیسے
ہی گھر سے باہر نکلنے لگی۔ پیچھے سے آواز آئی "ٹھہرو" اس نے
حیرانگی سے پلٹ کر دیکھا تو کامران تھا۔ ہاتھوں میں وہی انڈوں
والا پیالہ اٹھائے اس نے غصے سے گھورا۔

"ان میں چار انڈے کم ہیں وہ کہاں گئے؟" وہ دانت
پیس کر ایک ایک لفظ پر زور دے کر بولا۔

"وہ...... وہ تو میں نے لیے تھے کل" رملہ کسی نئی مصیبت
کے آنے کا سوچ کر بوکھلا گئی۔

"دیکھو سکول سے دیر ہو رہی ہے اور پھر مجھے معلوم بھی نہ تھا کہ
انڈے تم نے رکھے ہیں۔ میں واپس آکر تمھیں چار کی بجائے چھ
انڈے منگوا کر دوں گی۔

میرے اچھے بھیا! خوشامد سے' لجاجت سے اس سے

معذرت کرتے ہوئے باہر کو چل دی۔ ابھی ایک ہی قدم اٹھایا تھا کہ ایک بڑا سا اولہ سر پر آن گرا۔ اور اس کے بعد تو گویا اولوں کی بارش شروع ہوگئی۔ کامران میاں تاک تاک کر ایک ایک انڈے کا نشانہ لگاتے جاتے اور فرماتے جاتے "یہ بھی لے لو۔۔۔۔۔ یہ بھی لے لو" رملہ کی چیخیں سُن کر جب تک امّی جان باورچی خانے سے برآمد ہوئیں تب تک انڈوں کی سفیدی اور زردی رملہ کے سَر چہرے اور سفید یونیفارم پر عجیب قسم کے بیل بوٹے بناچکی تھی۔

کامران کی یہ حرکتیں والدین کے لیے نہایت پریشانی کا باعث تھیں آئے دن اس کی شکایات انہیں ملتی رہتیں۔ اپنی سی سمجھانے کی ہر کوشش کر دیکھی مگر چکنے گھڑے کی طرح اس پہ کچھ بھی کارگر نہ ہوتا۔

اب تو وہ گھر سے بھی کئی کئی دن غائب رہنے لگا تھا۔ سکول سے تو اکثر غیر حاضر رہتا تھا۔

امّی جان اس ساری صورت حال کا ذمہ دار ابو جان کو ٹھہراتیں۔ اور وہ چُپ چاپ خلاؤں میں گھورتے رہتے۔

"امّی جان! کامران زور سے دروازہ کھولتا ہوا داخل ہوا تو اس کی امّی خیالات کی دنیا سے باہر نکل آئیں "کیا ہے میرے چاند!" ان کی آواز میں پیار ہی پیار تھا۔

امی جان! لوہے کی وہ زنجیر کہاں ہے جو پچھلے سال آپ نے قربانی کا بکرا باندھنے کے لیے بازار سے منگوائی تھی۔

زنجیر! اسے کیا کرنا ہے؟ امی جان نے حیرت سے اس کی طرف دیکھا۔ ابلجھے ابلجھے بال چہرے پر کئی جگہ میل اور پسینے کی بہتی دھاریں۔ گندے کپڑے، بڑھے ہوئے ناخن، آنکھوں میں غصے بھری تپش، لہجے میں اکھڑپن نمایاں۔ الٰہی! میرے پر رحم کر، اسے سیدھا راستے دکھا دے" وہ سراپا دعا بن گئیں۔

"بہت ضروری کام ہے امی جان! بس آپ جلدی سے دے دیں"

وہ لاتعلقی سے کھڑا تھا۔

"پھر بھی؟ کچھ پتہ تو چلے آخر ارادے کیا ہیں اور ہاں بیٹھو گے نہیں۔ یہ تمھارا اپنا ہی گھر ہے شاید تمھیں یاد نہیں رہا۔ امی جان کے لہجے میں زمانے بھر کا دکھ تھا: بیٹھ جاؤں گا۔ ضرور بیٹھوں گا مگر پہلے اس سے نبٹ کر!" وہ غصے سے مٹھیاں بھینچتے ہوئے بولا

"نبٹ کر؟ لیکن کس سے؟ وہ جلدی سے بولیں" بس ہے ایک پھنے خان! میرا دشمن نمبر ایک۔ پتہ نہیں اپنے آپ کو کیا سمجھتا ہے۔ میرے ایک ہاتھ کی مار نہیں ہے۔"

وہ جوش سے بولتا بولتا خود ہی پاس رکھی ہوئی کرسی پر بیٹھ گیا

"آخر کچھ پتہ بھی تو چلے کہ معاملہ کیا ہے۔" امی جان پلنگ کی پٹی پر بیٹھتے ہوئے بولیں۔

"معاملہ کیا ہونا ہے وہ نعیم ہے نا، پروفیسر صاحب کا لڑکا وہ آج کرکٹ کھیلتے ہوئے مجھ سے اُلجھ پڑا اس نے مجھے گالی دی ہے۔ بدتمیز نالائق اور گنوار کہا ہے۔" اس کی آنکھیں شعلے برسانے لگیں۔

"اور اس کے جواب میں آپ نے کیا کہا" امی جان نے نہایت آرام سے پوچھا۔

دو چار تھپڑ تو میں نے فوراً ہی رسید کر آیا ہوں جناب کو ہوش ٹھکانے آ گئے ہوں گے اور اصل جواب تو میں اب دوں گا۔ زنجیر سے مار مار کر لہولہان نہ کر دیا تو میرا نام بھی کامران نہیں! وہ پورے عزم سے بولا۔

"ہوں۔ تو زنجیر کا اسی لیے پوچھ رہے ہو" وہ گہری سانس لے کر بولیں۔

"اچھا ٹھہرو! پہلے ملک شیک تو پی لو۔ خاص تمہارے لیے بنا کر رکھا تھا۔ تمہیں آم کا ملک شیک بہت پسند ہے نا۔" وہ فریج سے جگ نکالتے ہوئے بولیں۔

"امی جان! اتنا شفاف گلاس تو میرے ہاتھوں سے میلا ہو جائے

گا میں ہاتھ نہ دھو آؤں پہلے۔ وہ غسل خانے کی طرف بڑھا اور ساتھ منہ پہ بھی مہربانی کر دو" اسے امی جان کی آواز آئی۔ غسل خانے سے باہر آیا تو وہ نہا دھو کر اجلے کپڑے پہنے ہوئے تھا۔ اتنے میں امی جان میز پر کھانا لگا چکی تھیں۔ وہ ان جانے میں ہی میز اپنی طرف کھینچ لیا اور پلیٹ میں کھانا ڈال لیا۔ عرصے بعد اسے کھانا کھانے میں بے حد لطف آرہا تھا۔

"آج تو آپ نے کمال کر دیا امی جان! اتنے مزے کا گوبھی گوشت پکایا ہے۔ بہت مزا آرہا ہے" وہ بڑے بڑے نوالے توڑ کر جلدی جلدی کھا رہا تھا۔

"کمال تو شاید تم کر رہے ہو" وہ اس پر نہال ہوتے ہوئے بولیں

"میں نے ابھی کمال تو کرنا ہے۔ نعیم کے بچے سے اپنی بے عزتی کا بدلہ لے کر"۔ وہ ایکدم میز سے اُٹھ کھڑا ابھرا۔ شاید انتقام کی آگ پھر بھڑک اٹھی تھی۔

"تم اسے معاف نہیں کر سکتے بیٹا؟" وہ پریشانی سے بولیں

"معاف؟ کبھی نہیں امی جان ہرگز نہیں۔ ایسا کبھی نہیں ہو سکتا۔ ہاں اتنی مہربانی کر سکتا ہوں کہ اسے جان سے نہیں ماروں گا مگر بدلہ ضرور لوں گا۔ دوگنا چار گنا زیادہ بدلہ" وہ نہایت بے نیازی سے بولا

"کامران آؤ ذرا کمرے میں چلیں۔ مجھے تم سے کچھ ضروری باتیں

کرنی ہیں "۔ امی جان کچھ سوچتے ہوئے اسے اپنے ساتھ ہی کمرے میں لے آئیں۔

"بستر پر لیٹ جاؤ۔ باتیں بھی سنتے جانا تھوڑا آرام بھی کر لو" امی جان اس کے جوتے اتارتے ہوئے بولیں۔

مجھے جلدی بہت ہے۔ مگر خیر آپ بات کریں۔ میں سن رہا ہوں وہ سعادت مندی سے بولا۔ دیکھو کامران! اس وقت میں جو کچھ پوچھوں گی اس کا صحیح صحیح جواب دینا۔ یہ مت سوچنا کوئی تمہیں کیا کہتا ہے کیا سمجھتا ہے بلکہ یہ سوچ کر جواب دینا کہ تمہارے اندر کی آواز کیا ہے تمہارا ضمیر کیا کہتا ہے بس اسی کا جواب چاہیئے۔

"مسئلہ کافی سنجیدہ معلوم ہوتا ہے۔ آپ پوچھیئے امی جان! یہ نالائق آپ کی توقعات پر پورا اترے گا۔ امی حضور۔ وہ ایک ادا سے سر جھکا کر شرارت سے بولا۔

"اچھا یہ بتاؤ! دینیات میں تم نے کیا کیا پڑھا ہے!" سچ پوچھیں تو اس کلاس میں گیا ہی نہیں۔ اب کیا بتاؤں کہ کیا پڑھا ہے؟ وہ صاف گوئی سے بولا۔

"ایک دینیات ہی کیا سبھی مضمونوں کا یہی حال ہوگا۔" وہ دکھ سے بولیں۔ تو کیا آج آپ کا ارادہ ٹیسٹ لینے کا ہے۔! وہ پٹڑی سے اترنے لگا۔

"ارے نہیں بیٹا! ایسی کوئی بات نہیں. فی الحال تمہارا ٹسٹ لینے کی کم از کم مجھ میں تو ہمت نہیں آئے گی. آگے کی اللہ جانے اچھا یہ بتاؤ تم نعیم سے بدلہ لینے سے باز نہیں آؤ گے کیا؟" "نہیں ہرگز نہیں. میں پہلے بھی کہہ چکا ہوں. امی جان! اس نے اتنے لڑکوں میں میری بے عزتی کی ہے. مجھے گالیاں دی ہیں. مجھے نہ جانے کیا کیا کہا ہے وہ جوش سے بولتا چلا گیا.

صرف گالیاں ہی دیں ہیں نا؟ امی جان سکون سے بولیں". بس گالیاں؟ آپ بھی کمال کرتی ہیں امی جان".... میرا مطلب کوڑا کرکٹ تو نہیں پھینکا نا تمہارے اوپر؟ وہ اس کی بات کاٹ کر بولیں.

"کوئی غلاظت تو نہیں انڈیلی تم پر؟ تمہارا گلا گھونٹنے کی کوشش تو نہیں کی نا؟"

"نہیں نہیں امی جان! اس کی یہ جرأت کہ وہ یہ سب کچھ کرے میں اس کا خون پی جاؤں گا." وہ سینہ ٹھونک کر بولا

"ٹھہرو ٹھہرو جوش میں مت آؤ اگر کسی کے ساتھ یہ سب کچھ بلکہ اس سے بھی کہیں زیادہ ہوا ہو تو ذرا بتاؤ تو اس کا ردعمل کیا ہوا ہوگا؟" وہی جو میں نے کہا ہے لازماً اسے جان سے مار دیا ہوگا کوئی اتنی تذلیل بھی برداشت کر سکتا ہے بھلا وہ سر جھٹک کر بولا.

اچھا تو پھر سنو! ایک عظیم شخص نے اس سے ہزارہا زیادہ

دکھ اٹھا کر بھی کسی کی جان نہیں لی کسی کا خون نہیں بہایا بلکہ کسی سے بدلہ لینا تو کجا انہیں سرے سے معاف ہی کر دیا اور انہیں دعاؤں سے بھی نوازا۔

"یہ آپ نے کونسے رسالے میں پڑھا ہے۔ ویسے کہانی دلچسپ ہوگی۔" وہ معصومیت سے بولا کہانی۔نہیں بیٹا یہ بالکل سچ ہے۔ اس کا ایک ایک لفظ سچ ہے۔ یہ ایک سچی داستان ہے ایسے افضل ترین شخص ؐ کی۔ ایک عظیم ترین انسان ؐ کی جو حق لیکر اللہ کی طرف سے آیا تھا۔ ہم گناہگاروں کو نیکی کا راستہ دکھانے۔ ہم جہالت کے اندھیروں میں بھٹکنے والوں کو ہدایت کی روشنی دینے۔ وہ بہت ہی پیارے اخلاق کے مالک تھے۔ ان میں بے پناہ خوبیاں تھیں۔ ہم تمام انسانوں کے لئے ان ؐ کی ذات ایک مکمل اور خوبصورت ترین نمونہ ہے۔ ان کی نادان اور جاہل قوم نے انہیں ہر طرح سے دکھ دیا بہت ستایا مگر ان کے لب شیریں پر حرف شکایت نہ آیا حضور ؐ جب صبح نماز کے لیے مسجد تشریف لے جاتے تو راستہ میں ایک کافر بڑھیا ان کے سر اقدس پر کوڑا کرکٹ پھینکتی۔ آپ ؐ خاموشی سے ہاتھوں سے جھاڑ کر، صاف کر کے مسجد پہنچ جاتے یہ اس بڑھیا کا روزانہ کا معمول تھا۔ اتفاق سے ایک دن اس گھر سے کوڑا کرکٹ نہ آیا۔ معلوم ہوا کہ آج وہ بیمار ہے۔ چنانچہ واپسی

پر حضورؐ خود اس کے گھر اس کی بیمار پرسی کرنے گئے۔ وہ بڑھیا آپؐ کے اخلاق سے اتنی متاثر ہوئی کر فوراً مسلمان ہو گئی۔

"حیرت ہے امّی جان!" کامران متاثر ہوتے ہوئے بولا

وہ جس اعلیٰ درجے کے اخلاق پر فائز تھے۔ اس کا یہی تقاضا ہے بیٹے۔ ایک اور دن کا واقعہ ہے کہ آپؐ حرم پاک کے صحن میں نماز ادا فرما رہے تھے۔ تھوڑے فاصلے پر دین کے دشمن بھی بیٹھے ان کے خلاف سازشوں میں مصروف تھے جونہی آپؐ سجدہ میں گئے ابوجہل جو آپؐ کا سب سے بڑا دشمن تھا اُسنے ایک اونٹ کی اوجھڑی آپؐ کی پشت پر رکھ دی اور ٹھٹھے لگا کر ہنسنے لگا۔ انؐ کی بیٹی حضرت فاطمہؓ نے آکر یہ غلاظت آپؐ پر سے اتاری"

"سلام پھیر کر حضورؐ نے ان کافروں کو دو دو گھونسے نہ رسید کیئے؟" کامران بے قراری سے بولا۔

نہیں میرے چاند! وہ خاموشی سے اپنے گھر چلے گئے اور اسی طرح ایک بار کسی بد بخت نے آپؐ کے سَرِ اقدس پر خاک ڈال دی تو ان کی بیٹی حضرت فاطمہؓ نے انؐ کا سر دھو دیا وہ سَر دھوتی جاتی تھیں اور روتی جاتی تھیں مگر حضورؐ نے فرمایا تھا کہ "بیٹی مت رو، بیشک اللہ تو تیرے باپ کا محافظ ہے" اور طائف کا سفر کسے نہیں معلوم کہ آپؐ پر کتنا مشکل رہا تھا۔ بیٹے وہ اللہ کا پیغام

پہنچانے اس شہر میں گئے مگر وہاں کے لوگوں نے کوئی کان نہ دھرے اُلٹا انؐ پر پتھر برسانے لگے۔ اتنے پتھر مارے کہ آپؐ کی ایڑیاں لہولہان ہوگئیں۔ ناچار آپؐ نے ایک قریبی باغ میں پناہ لی۔ اس وقت اُنؐ پر اللہ کا ایک فرشتہ نازل ہوا اور آپؐ سے پوچھا کہ اگر آپؐ اجازت دیں تو اللہ اس شہر کو دو پہاڑوں کے درمیان پیس کر رکھ دے۔ یہاں کے لوگوں نے آپؐ کے حضور بہت ہی گستاخی کی ہے۔" "انہوں نے کہا ہوگا۔ اے فرشتے! دو چھوڑ چار پہاڑوں کے درمیان انہیں پیس دو۔ انہیں ریزہ ریزہ کردو۔ انہیں ایسی سزا دو کہ ان کی آنے والی نسلیں بھی یاد رکھیں۔" کامران نے جوش سے ہاتھ لہراتے ہوئے کہا۔

"نہیں بیٹے تم غلط سمجھے۔ حضورؐ نے انہیں بھی معاف فرمادیا یہ سوچتے ہوئے کہ یہ نہیں تو ان کی آنے والی نسلیں ضرور اسلام کی دولت سے مالا مال ہوں گی۔"

"تعجب ہے امی جان۔" کامران سراپا حیرت تھا۔ کامران بیٹے ہمارے پیارے نبی اکرم صلی اللہ علیہ وسلم سراپا رحمت تھے۔ وہؐ اپنی ذات کے لیے کبھی بدلہ نہیں لیتے تھے۔ بلکہ معاف کر دیا کرتے تھے۔ یہ تو میں نے چند ایک واقعات بتائے ہیں۔ ان کی تو پوری زندگی ایسے ہی دلکش واقعات سے بھری پڑی ہے۔

میرے چاند! ہم روزانہ نہ جانے کتنی غلطیاں کرتے ہیں۔ کیسی کیسی نافرمانیاں کرتے ہیں اللہ کی۔ چھوٹے چھوٹے گناہ جن کو ہم گناہ شمار ہی نہیں کرتے اور ہم لوگ کثرت سے بس کرتے چلے جاتے ہیں۔ اس کے باوجود ہم اللہ سے یہی اُمید رکھتے ہیں یہی توقع کرتے ہیں کہ وہ ہم کو معاف کر دے کیوں یہی ہوتا ہے نا

تو بیٹے! اسی اللہ نے ہمیں حکم دیا ہے کہ ہم بھی لوگوں کو معاف کر دیا کریں جس طرح ہم اپنے لیے چاہتے ہیں کہ اللہ ہمیں معاف کر دے۔

''امی جان پھر تو بدلہ نہ لینا بلکہ معاف کر دینا بہت ہی اچھی بات ہے''۔

''بے شک بیٹے! یہ بہت ہی اچھی بات ہے اللہ تو کہتا ہے تم زمین والوں پر رحم کرو آسمان والا تم پر رحم کرے گا''، امی جان نے کامران کے سر پر پیار سے ہاتھ پھیرتے ہوئے کہا۔ جو اس وقت چھت کی طرف ٹکٹکی باندھے کسی گہری سوچ میں تھا۔

''کامران بیٹے! کیا سوچنے لگ گئے؟ امی جان نے اسکی پیشانی چومتے ہوئے پوچھا۔ میں سوچ رہا ہوں امی جان! آج سے میں بھی لوگوں کو معاف کر دیا کروں گا۔ سب بدلے ودلے ختم۔ نعیم سے بھی کوئی بدلہ نہیں لوں گا۔ کوئی زیادتی بھی کرے تو اس کا مقدمہ اللہ میاں

کے رجسٹر میں درج کروا دیا کروں گا وہ جانے اور اس کے اعمال ۔
میں اپنے اعمال کی حفاظت کروں گا۔

"امی جان ! آج سے تمام گندے کام ختم شد"

اس نے پورے عزم سے کہا اور بستر سے ہنستا مسکراتا اُٹھ کھڑا ہوا
اس وقت وہ اپنے آپ کو بہت ہلکا پھلکا محسوس کر رہا تھا۔
ایک انوکھی لذت تھی جو اس کے رگ و پے میں سرایت کر رہی تھی۔

سید انور مبارک جعفری

پشیمان

کلاس میں بہت شور ہو رہا تھا اور احمد کلاس مانیٹر بلیک بورڈ پر شور مچانے والے لڑکوں کا نام لکھ رہا تھا کہ آفتاب سر کلاس میں آگئے اور انہوں نے بلیک بورڈ پر لکھے ہوئے تمام لڑکوں کو باہر نکل جانے کا حکم دے دیا اور پھر کلاس میں مصروف ہو گئے۔ باہر نکلے جانے والے لڑکوں میں راکیش کا نام بھی تھا۔ وہ باہر جاتے جاتے احمد کو ترچھی نظروں سے دیکھتا ہوا گیا تھا۔

پیریڈ کے اختتام پر جب باہر کھڑے ہوئے لڑکے کلاس میں داخل ہوئے تو راکیش تیزی سے احمد کے مقابل پہنچ گیا اور خونخوار لہجے میں بولا " احمد! تم نے میرا نام لکھ کر اچھا نہیں کیا۔ میں اس کا بدلہ ضرور لوں گا۔" اور پھر راکیش اپنی کرسی پر جا کر بیٹھ گیا۔ پھر روز ہی ایسا ہونے لگا کہ راکیش کبھی احمد پر کوئی فقرہ کس دیتا۔ کبھی اسکی پنسل توڑ دیتا تو کبھی کوئی کتاب اُٹھا کر چھپا دیتا مگر اس سب کے باوجود احمد راکیش کو کچھ نہ کہتا اسی لئے راکیش شیر ہوتا چلا گیا اور پھر ایک دن راکیش نے شرارتوں کی حد کر دی۔ ہوا یوں کہ راکیش ربر میں نوکیلی پن لگا کر

احمد کا نشانہ لگا رہا تھا کہ اسی اثناء احمد اپنا ربر اٹھانے کے لیئے نیچے جھکا۔ ادھر راکیش پن چھوڑ چکا تھا۔ نتیجتاً وہ پن احمد کی بجائے اس کے آگے بیٹھے ہوئے ندیم کی ٹانگ میں گھس گئی۔ ندیم ایک چیخ مار کر رونے لگا۔ ادھر احمد راکیش کو ہنیں چھپاتے دیکھ چکا تھا۔ اسی وقت کلاس کے باہر سے ہیڈ ماسٹر صاحب گذر رہے تھے۔ شور سن کر کلاس میں آ گئے۔ پوری کلاس ایک دم خاموش ہو گئی۔ ہیڈ ماسٹر صاحب نے پوری کلاس کو ڈانٹنا شروع کر دیا کہ اگر کسی ٹیچر کو کلاس میں پہنچنے میں ذرا دیر ہو جائے تو تم لوگ پورا اسکول سر پر اٹھا لیتے ہو ابھی وہ یہیں تک کہہ پائے تھے کہ کسی کے رونے کی آواز سن کر چونک گئے اور ایک دم خاموش ہو کر سوالیہ نظروں سے پوری کلاس دیکھنے لگے۔ ان کو ندیم روتا ہوا نظر آ گیا۔ انہوں نے پیار سے ندیم کو اپنے پاس بلایا اور رونے کی وجہ پوچھی تو ندیم نے ساری بات بتا دی۔ ہیڈ ماسٹر صاحب نے دیکھا۔ واقعی ندیم کے کپڑوں پر خون کے ننھّے ننھّے قطرے خشک ہو چکے تھے۔

ہیڈ ماسٹر صاحب نے پوری کلاس پر ایک نظر ڈالتے ہوئے غصّہ سے پوچھا کہ بتاؤ یہ حرکت کس کی ہے؟ پوری کلاس کو سانپ سونگھ گیا۔ ہیڈ ماسٹر صاحب پھر بولے۔ بتاؤ! ۔ ایکدم احمد اپنی کرسی سے کھڑا ہوا اور بولا "سر یہ حرکت راکیش نے کی ہے" اس سے پہلے ہیڈ ماسٹر صاحب

بغیر بولے راکیش خود ہی اپنی کرسی سے اٹھ کھڑا ہوا. ہیڈ ماسٹر صاحب نے اسے آگے بلایا اور پوچھا واقعی یہ حرکت تمہاری تھی تو راکیش نے اثبات میں سر ہلا دیا اور پھر جیسے کلاس میں زلزلہ آگیا. ہیڈ ماسٹر صاحب نے راکیش کی پٹائی شروع کر دی اور جب ہیڈ ماسٹر صاحب تھک گئے اور راکیش کو حکم دیا" جاؤ اپنا بستہ اٹھاؤ اور میرے کمرے میں آؤ" یہ کہہ کر ہیڈ ماسٹر صاحب کلاس سے باہر نکل گئے. راکیش احمد کو آنسو بھری نظروں سے دیکھتا ہوا بستہ لے کر کلاس سے باہر نکل گیا. تھوڑی ہی دیر کے بعد چپراسی آیا اور احمد کو کہا کہ ہیڈ ماسٹر صاحب بلا رہے ہیں. احمد اٹھ کر چپراسی کے ساتھ کلاس سے چلا گیا اور جب احمد ہیڈ ماسٹر کے کمرے میں داخل ہو رہا تھا تو راکیش باہر نکل رہا تھا. احمد اندر جا کر میز کے پاس کھڑا ہو گیا تو ہیڈ ماسٹر صاحب کے الفاظ اس کے دماغ پر ہتھوڑے کی مانند پڑے کہ" راکیش کو سزا کے طور پر سکول سے دو ماہ کے لئے نکال دیا گیا ہے. احمد بوجھل قدموں کے ساتھ باہر نکل آیا. اسے اس اقدام کی خبر نہ تھی کہ یہ ہو جائیگا.

احمد نے کلاس میں آکر سب کو یہ خبر سنا دی اور کلاس میں چہ مگوئیاں شروع ہو گئیں.

احمد ایک سینئر کلرک امجد علی کا اکلوتا بیٹا تھا اور ان کو احمد سے کافی امیدیں تھیں. احمد کو اپنی ذمہ داری کا پورا پورا احساس تھا

جبھی وہ ہر کلاس کا لائق ترین لڑکا سمجھا جاتا تھا اور ہمیشہ اوّل آنے کی وجہ سے وہی کلاس مانیٹر بنایا جاتا۔ اس وقت احمد نویں جماعت کا طالب علم تھا اور دن یونہی گزر رہے تھے کہ یہ راکیش والا واقعہ ہو گیا مگر وقت جو ہر زخم کا مرہم ہوتا ہے نے سب بھلا دیا۔ احمد جس جگہ رہتا تھا وہیں ایک عمارت تیار کھڑی تھی جس میں تقریباً سارے ہی رہائشی فلیٹ تھے اور دیکھتے ہی دیکھتے سب فلیٹوں کے مکین وہاں آکر بس گئے۔ ان فلیٹوں کی آرائش و زیبائش سے صاف ظاہر تھا کہ یہ اونچی سوسائٹی کے لوگوں کی ملکیت ہیں۔

ایک دن حسبِ معمول احمد صبح سکول جانے کے لئے انہیں فلیٹوں کے نیچے سے گذر رہا تھا کیونکہ اس کے نکلنے کے لئے یہی ایک راستہ تھا کہ ایک دم اوپر سے پانی آکر گرا اور احمد پانی میں شرابور ہو گیا۔ اس کی آنکھوں میں آنسو آ گئے یہ کیا! بڑی مشکل سے یونیفارم رات کو تیار کی تھی اب یہ ایک ہی ہے جاکر بدلنے کا سوال ہی پیدا نہیں ہوتا۔ پھر کچھ سوچ کر احمد نے سر اٹھا کر فلیٹوں کی طرف دیکھا کہ کس فلیٹ سے پانی آیا ہے تو یہ کیا ساری بالکونیاں خالی پڑی تھیں مگر جس فلیٹ کی بالکونی گیلی تھی۔ اس نے یہ چغلی کھا دی کہ ابھی ابھی یہاں سے پانی پھینکا گیا ہے وہ فلیٹ احمد کی نظروں میں آگیا۔ احمد سر جھٹک کر سکول کی طرف بڑھ گیا کہ چلو پانی صاف ہے اور کپڑے تو سکول پہنچتے پہنچتے

سوکھ جائیں گے۔ یہ تسلی احمد نے اپنے دل کو دیدی لیکن پھر روز ایسا ہونے لگا کہ جوں ہی احمد فلیٹ کے نیچے سے گزرتا ویسے ہی اوپر سے پانی گرتا وہ بیچارا مجبور تھا۔ یہاں سے گزرنے میں کیونکہ وہ واحد راستہ تھا باہر نکلنے کا۔ دن گزرتے گئے اور یہ عمل بھی تواتر سے چلتا رہا۔ ان دنوں میں احمد نے فلیٹ کا اندازہ خوب لگا لیا تھا کہ فلیٹ وہی تھا جہاں سے پہلے روز پانی پھینکا گیا تھا۔

روزانہ کی طرح آج بھی احمد سکول جا رہا تھا اور جب وہ فلیٹوں کے نیچے سے گزرا تو اس وقت احمد کو حیرت کا شدید دھچکا لگا جب وہ آج بغیر بھیگے فلیٹوں کے نیچے سے گزر گیا۔ دوپہر کو سکول سے چھٹی پر جب وہ فلیٹوں کے نیچے سے گزر کر گھر جانے لگا تو اسے صبح والے غیر معمولی واقعہ کی یاد آگئی تو وہ فلیٹوں کے زینے کی طرف ہو گیا اور پھر مطلوبہ زینہ چڑھ کر اس فلیٹ کے دروازے پر پہنچ گیا جس کا اندازہ اس نے لگایا تھا۔ احمد نے اللہ کا نام لے کر گھنٹی کا بٹن دبا دیا۔ تھوڑی ہی دیر بعد دروازہ کھل گیا اور دروازہ کھلتے ہی احمد کے سر پر جیسے بم پھٹ پڑا اور وہ گرتے گرتے بچا سامنے والے کا بھی شاید یہی حال تھا کیونکہ دروازہ کھولنے والا راکیش تھا۔ راکیش نے احمد کو اندر آنے کی دعوت دی اور اندر لیجا کر بٹھایا۔ احمد بولا: یار تم یہاں رہتے ہوئے بھی مجھ سے ملنے

نہیں آئے۔ چلو خیر میں تو یہ معلوم کرنے آیا تھا کہ خیریت ہے کیونکہ آج مجھ پر پانی نہیں گرا۔ اسی لیے میں اوپر آ گیا۔ کیونکہ بھیگنے کی کچھ عادت سی پڑ گئی تھی۔ راکیش سر جھکائے بیٹھا تھا۔ ایک دم بول پڑا "اب مجھے اور شرمندہ مت کرو مجھے معلوم نہ تھا کہ اگر آج بخار کی وجہ سے پانی نہ پھینک سکا تو تم میری خیریت معلوم کرنے آ جاؤ گے اگر مجھے تمہارے اس ظرف کا ذرا بھی علم ہوتا تو میں ایسی حرکت کبھی نہ کرتا۔ افسوس کہ تم میری شرارتوں کو مسکرا کر قبول کرتے رہے اور میں بے حس بنا تمہیں تنگ کرتا رہا۔ میں تب ہی سے تمہارے خلاف ہوں جب سے تم نے مجھے سکول سے نکلوایا تھا۔ مگر میرے دوست تم کو حق ہے کہ مجھ سے انتقام لو۔ احمد تم مجھ سے بدلہ لو تاکہ مجھے سکون آ جائے" احمد نے کہا کہ بدلہ لینے والا میں کون ہوتا ہوں۔ میں نے تمہیں معاف کیا" یہ سننا تھا کہ راکیش کی آنکھوں سے آنسو نکل پڑے وہ احمد کے گلے لگ گیا اور کہا "میں سلام کرتا ہوں اس اعلیٰ ظرفی کو اور یہ ظرف کسی مسلمان ہی کا ہو سکتا ہے۔ میرے دوست مجھے بھی مسلمان بنا دو کیونکہ اگر اس مذہب میں اتنی کشادہ دلی اور صبر و کرم کی تلقین ہے تو پھر مکمل مذہب تو تسکینِ روح کا سبب ہو گا احمد پلیز مجھے بھی مسلمان بنا دو۔ راکیش پر رقت سی طاری ہوتی جا رہی تھی۔ احمد نے راکیش کا ہاتھ پکڑا اور اُسے لیکر مسجد

کی طرف چل دیا۔ مسجد میں داخل ہوتے ہی راکیش کو کپکپی سی طاری ہونے لگی خوف خدا سے۔ احمد نے ساری تفصیل مولوی صاحب کو بتائی تو مولوی صاحب بہت خوش ہوئے۔ انہوں نے راکیش کو وضو کرایا اور کلمہ پڑھا کر کئی ایمان افروز باتیں بتائیں اور راکش کا نام جاوید رکھا۔ مسجد سے باہر نکلے تو راکیش احمد کے گلے لگ گیا اور پھر دونوں فلیٹ پر آ گئے۔ جہاں راکیش کی امی اس کا انتظار کر رہی تھیں۔ ادھر احمد تو گھر آ گیا جبکہ اُدھر راکیش اپنی امی کو ساری بات بتا رہا تھا۔

دوسری صبح احمد سکول جانے کے لئے نکلا اور راکیش کو ساتھ لے کر سکول پہنچ گیا۔ احمد نے ہیڈ ماسٹر صاحب کو ساری کہانی سنا دی ہیڈ ماسٹر صاحب نے راکیش (جاوید) کو شاباش دی اور اس کو فی الفور بحال کر دیا۔ احمد اور راکیش جب ہاتھ میں ہاتھ ڈالے کلاس میں داخل ہوئے تو اب حیران ہونے کی باری پوری کلاس کی تھی آفاق نے راکیش کو دیکھ کر پوچھا" ہیلو راکیش! کیا حال ہیں؟" تو راکیش بولا پہلے تو یہ سب جان لیں کہ میرا نام راکیش نہیں، بلکہ جاوید ہے۔ کلاس کے لڑکے ابھی پچھلی حیرت سے فارغ نہیں ہوئے تھے کہ یہ دوسری حیرت ان کے ذہنوں میں کلبلانے لگی۔

راکیش (جاوید) اپنے امی ابو کو تین دن سے سمجھانے کی کوشش

کر رہا تھا۔ اور جب اس نے امی ابو کو اسلام قبول کرنے کیلئے آمادہ کر لیا تو جاوید ایکدم خوشی سے کھڑا ہو گیا اور امی ابو کو لے کر مسجد کی طرف چل دیا۔ جب وہ مسجد کے دروازے میں داخل ہو رہے تھے فضا میں اذان کے الفاظ گونجنے لگے۔

اللہ اکبر! اللہ اکبر! اللہ اکبر! اللہ اکبر! جاوید کے ابو کے منہ سے بے اختیار نکلا "واقعی اللہ سب سے بڑا ہے"!